© Pour la création, le scénario et les illustrations:
A.M. Lefèvre, M. Loiseaux, M. Nathan-Deiller, A. Van Gool
Direction éditoriale: CND International
Maquette de couverture: Yann Buhot
Edité et produit par: ADC International - 1998 Eke Nazareth, Belgique

ISBN 2-7625-1348-0

Le Petit Chaperon rouge

illustré par

'''VAN GOOL'''

EH Héritage jeunesse

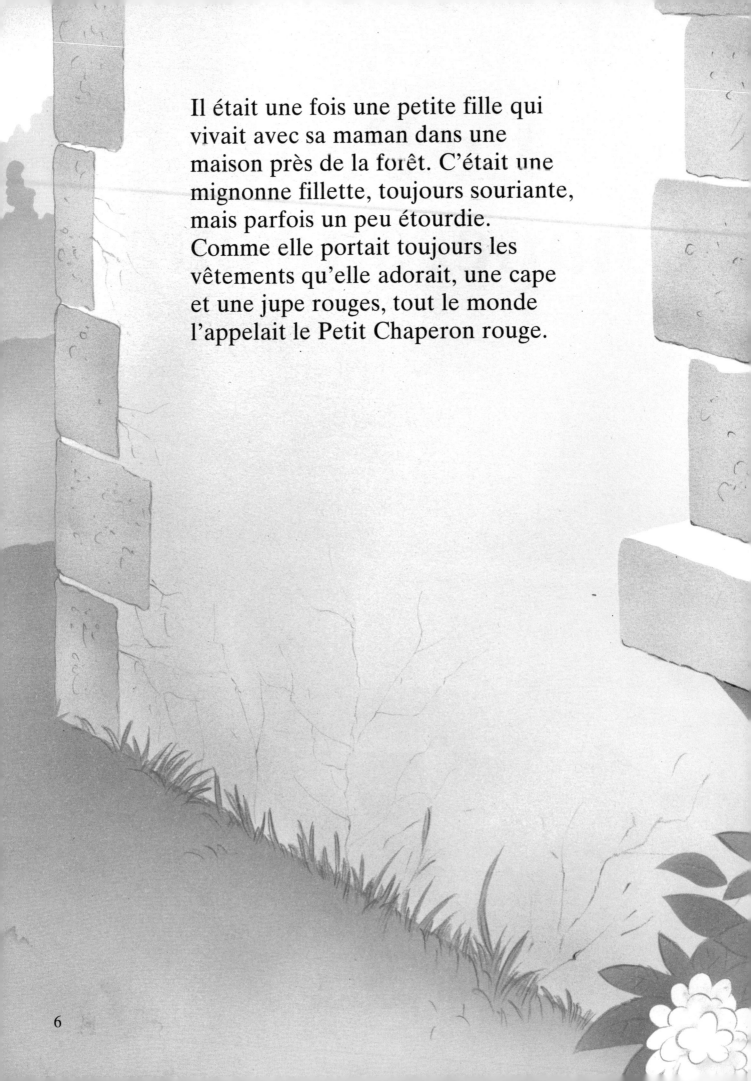

Il était une fois une petite fille qui vivait avec sa maman dans une maison près de la forêt. C'était une mignonne fillette, toujours souriante, mais parfois un peu étourdie. Comme elle portait toujours les vêtements qu'elle adorait, une cape et une jupe rouges, tout le monde l'appelait le Petit Chaperon rouge.

Or, un jour, sa grand-mère tomba malade.
— Tu devrais lui rendre visite, suggéra la maman du Petit Chaperon rouge. Je n'ai pas le temps d'y aller aujourd'hui. Je vais préparer pour elle des galettes et un petit pot de miel que tu lui apporteras.
La grand-mère vivait de l'autre côté de la forêt.
La fillette alla chercher son panier.

— Surtout, lui recommanda
une dernière fois sa maman
en remplissant son panier
des victuailles, n'oublie pas
ce que je t'ai dit.
Ne t'écarte pas du chemin
qui mène tout droit chez ta
grand-mère. Ne flâne pas
en route et n'adresse pas
la parole aux personnes que
tu ne connais pas.
— Ne t'inquiète pas,
maman, la rassura la petite,
je ferai attention.

En partant de chez elle, le Petit Chaperon rouge savait qu'elle n'allait pas rester longtemps toute seule. Car tous les petits animaux qui peuplaient la forêt, lapins, rossignols, bouvreuils, écureuils, étaient ses amis.

— À tout à l'heure ! cria-t-elle à sa maman qui la regardait partir, pas très rassurée.

À peine avait-elle fait le premier pas dans les bois touffus que les animaux accoururent à sa rencontre pour lui souhaiter la bienvenue.

Le Petit Chaperon rouge écouta avec le plus grand sérieux leurs charmantes histoires, puis les avertit :

— Je dois me dépêcher. Maman m'a fait promettre de ne pas m'attarder.

— Elle a raison, remarqua
un oiseau. On raconte
qu'un loup rôde
ces jours-ci dans la forêt.
— Un loup ? s'étonna le
Petit Chaperon rouge. Ma
foi ! Je n'en ai jamais vu.
Elle n'allait pas tarder à
le rencontrer. Derrière
les arbres se faufilait un
animal au pelage gris...

Soudain, le Petit Chaperon rouge
sursauta. Le loup était devant elle.
— Oh ! Je ne t'avais pas entendu !

— Où vas-tu, mon enfant ? demanda la vilaine bête d'une voix mielleuse.
— Porter ces galettes à ma grand-mère, dit la fillette sans se méfier.

— Oh ! oh ! dit le loup. Voilà une adorable petite fille. Mais n'as-tu pas peur de te promener seule ? Ces bois peuvent être dange…

— ... reux ! termina le loup en prenant la fuite.
Il avait aperçu deux bûcherons portant de lourdes
haches. Le Petit Chaperon rouge, étonnée, reprit son
chemin. Elle aurait bien aimé discuter avec le loup,
il avait l'air bien gentil. Mais, bon, tant pis pour lui !

Le loup n'avait pas perdu espoir.
Les bûcherons partis, il reparut.
— Coucou, c'est moi ! Excuse-moi,
j'avais une chose urgente à faire.
Maintenant, je suis à ta disposition.
Voudrais-tu jouer avec moi ?
Le Petit Chaperon rouge, qui avait
complètement oublié les conseils
de sa maman, accepta.

— Que dirais-tu d'une
petite course ? proposa
le loup. Le premier arrivé
chez ta grand-mère a gagné.

— D'accord, dit le Petit
Chaperon rouge. Moi,
je prends le chemin,
toi tu passes par les bois.

Dès qu'il fut hors de la vue du Petit
Chaperon rouge, le loup courut
à perdre haleine à travers bois.
— Hé ! hé ! pensait-il. Une grand-
mère pour le déjeuner, et une petite
fille bien dodue en dessert.
C'est mon jour de chance !

Entre-temps, le Petit Chaperon
rouge avait retrouvé ses petits amis.
— J'ai rencontré le loup, leur
raconta-t-elle. Vous aviez tort,
il n'est pas si méchant.
— Méfie-toi, dit un écureuil, affolé.
Il est rusé et cruel. Et il a plus d'un
tour dans son sac.
La fillette haussa les épaules.
— Bah ! S'il m'avait voulu du mal,
ce serait déjà fait.

Les animaux ne savaient plus quoi
faire pour la persuader du danger
qu'elle courait. Pour la retenir, ils lui
proposèrent de cueillir des fleurs.
— Quelle bonne idée ! s'exclama
le Petit Chaperon rouge.
Grand-mère sera contente.
Et, oubliant le loup, elle se mit
à composer un bouquet.

Cependant, essoufflé, haletant, le loup arrivait devant la maison de la grand-mère. Reprenant son souffle, il ricana dans sa barbe.

— Hé ! hé ! Il ne me reste plus qu'à entrer.

À l'intérieur, la grand-mère dormait d'un sommeil tranquille. Elle se remettait doucement de sa maladie et se reposait sans se douter de rien.

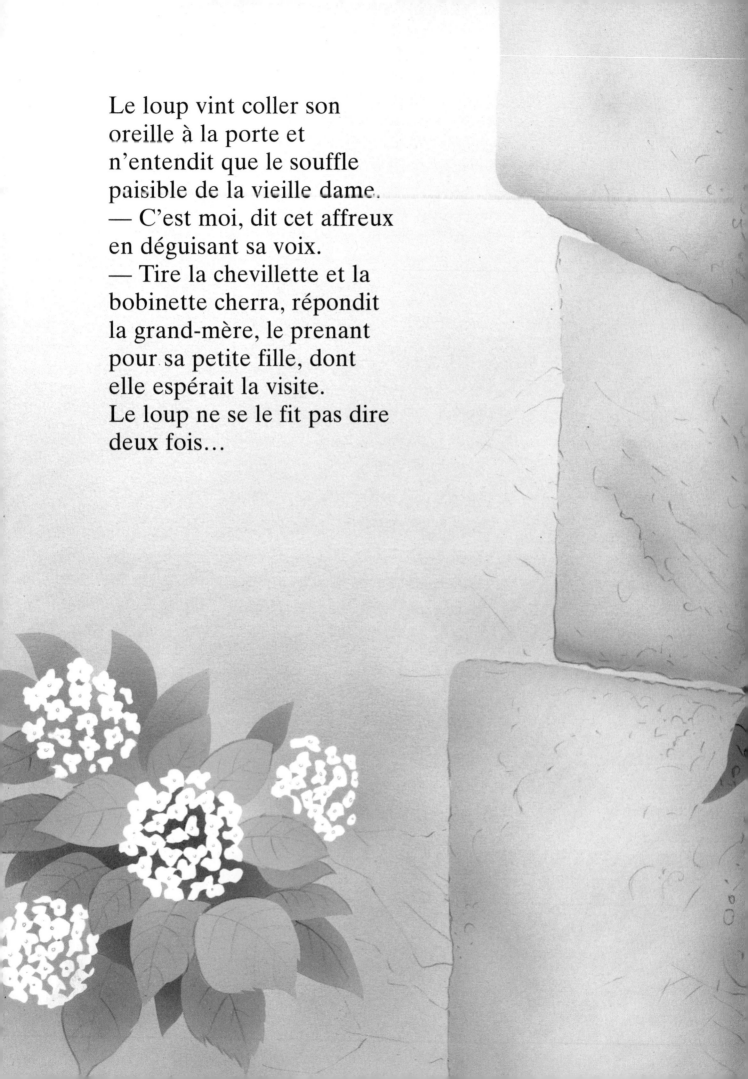

Le loup vint coller son
oreille à la porte et
n'entendit que le souffle
paisible de la vieille dame.
— C'est moi, dit cet affreux
en déguisant sa voix.
— Tire la chevillette et la
bobinette cherra, répondit
la grand-mère, le prenant
pour sa petite fille, dont
elle espérait la visite.
Le loup ne se le fit pas dire
deux fois...

Sans un mot, il ouvrit la porte,
se précipita sur la vieille dame
qui n'eut pas le temps de dire ouf !
et la dévora sur le champ.
Mais, ce qu'il ne savait pas, c'est
que sa mauvaise action avait eu des
témoins. Des souris et des écureuils
y avaient assisté, horrifiés.
— Il faut prévenir notre amie avant
qu'elle ne tombe dans ses pattes !

Le loup, sa faim un peu apaisée, ne perdit pas
une seconde. Il se coiffa du bonnet de nuit
de la grand-mère, remonta bien haut les draps sur son
vilain museau et ses grosses pattes velues, et attendit
patiemment l'arrivée du Petit Chaperon rouge.
« Voilà ce qui arrive aux petites filles dissipées qui
n'écoutent pas les conseils de leur maman, pensait-il.
Elles se font dévorer toutes crues. Ça lui apprendra
à parler à n'importe qui ! »

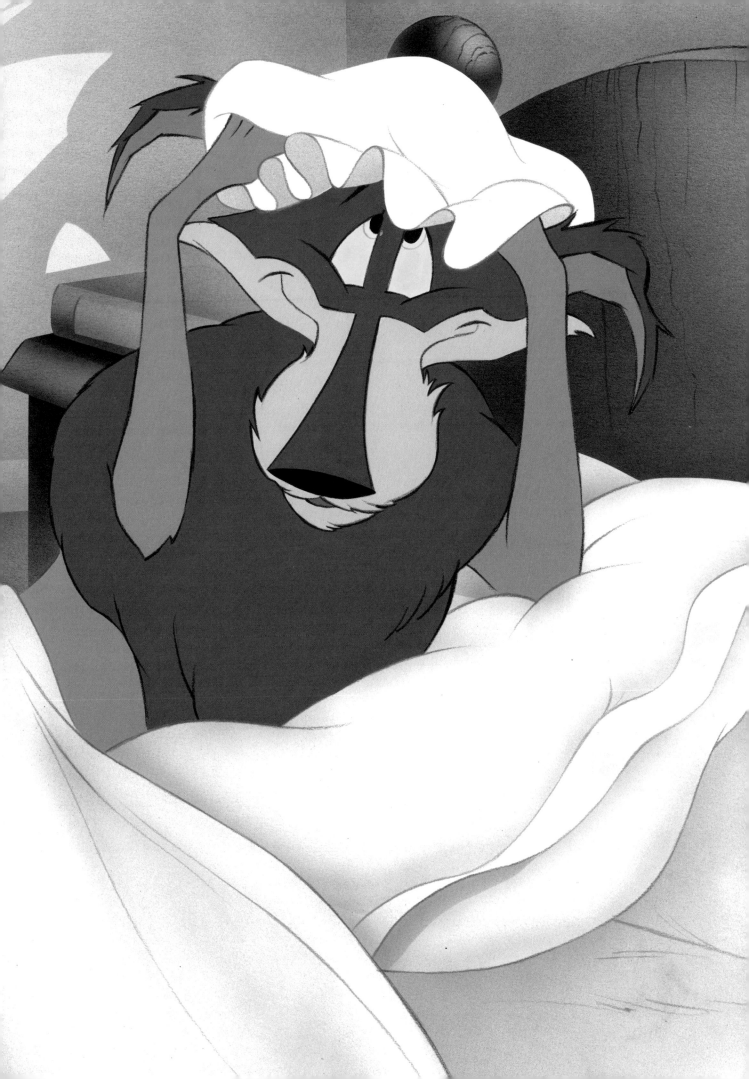

— Coucou, grand-mère, c'est moi,
le Petit Chaperon rouge ! Je peux
entrer ? Tu ne dors pas ?

— Entre, mon enfant ! dit cet hypocrite en adoucissant sa voix. Ne reste pas sur le seuil, je crains les courants d'air. Je t'attends depuis un moment déjà. Oh, tu m'apportes un joli bouquet, viens vite me le montrer.

— Et j'ai là tout un tas de bonnes choses pour te rendre des forces. Mais tu as la voix bien prise. Je la reconnais à peine, tellement tu es enrouée.

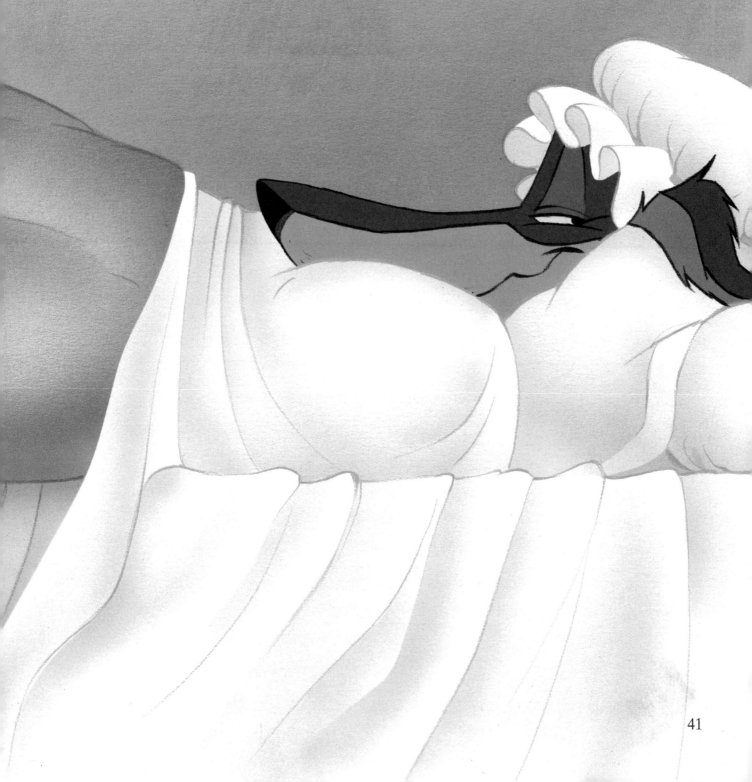

Pendant ce temps, les petits amis
de la fillette se concertaient.
— On ne peut pas laisser faire ça !
— Oui, il serait temps de mettre fin
aux cruautés de cette vilaine bête.
— Mais nous ne sommes pas de
taille à combattre le loup, renchérit
une souris. Il va nous dévorer aussi.
— Pas si nous y allons tous, déclara
un lapin. Il faut employer la ruse.
Nous allons lui tendre un piège…

La fillette ne se doutait toujours pas du danger.

— Je pose les galettes et le miel sur la table. Tu m'as entendue, ajouta-t-elle d'une voix plus forte, sur la table !

— Je ne suis pas sourde ! gronda le loup.

Le Petit Chaperon rouge sursauta, étonnée :

— Décidément, tu as la voix très grave, grand-mère.
Le miel te fera du bien.

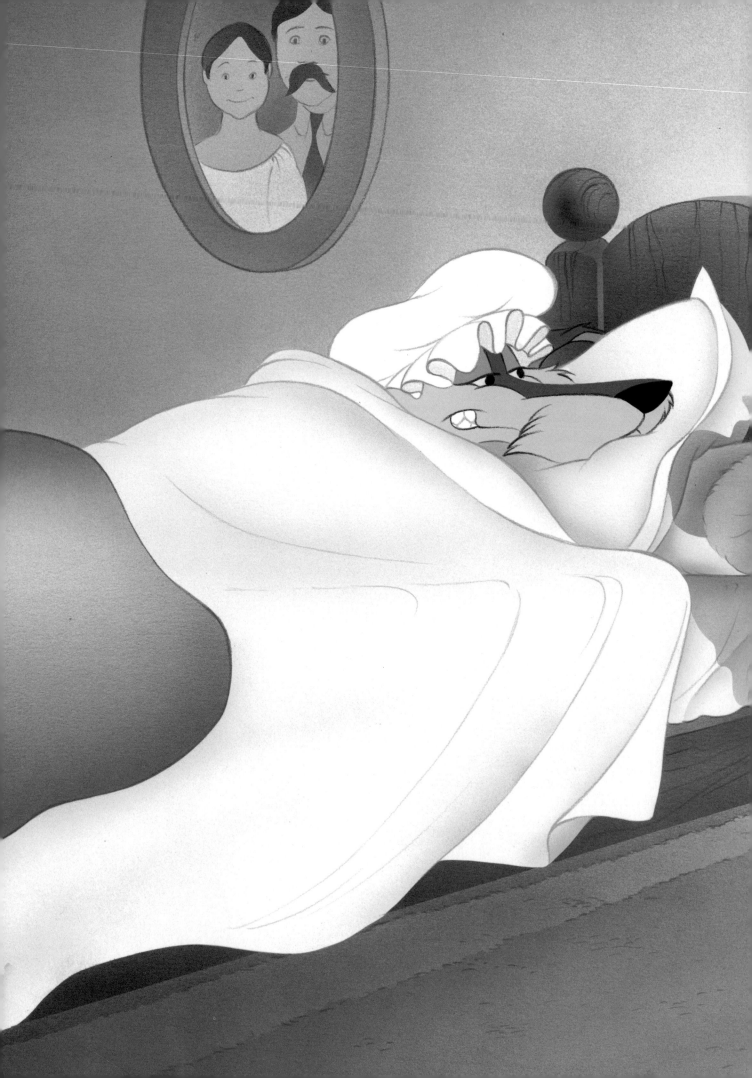

En approchant du lit, le Petit Chaperon rouge trouva sa grand-mère très changée par la maladie.
— Ça alors ! Sans tes lunettes, tu as vraiment de grands yeux !
— C'est pour mieux te regarder, mon enfant.
— Oui, mais ces oreilles, elles sont si poilues, si looongues !

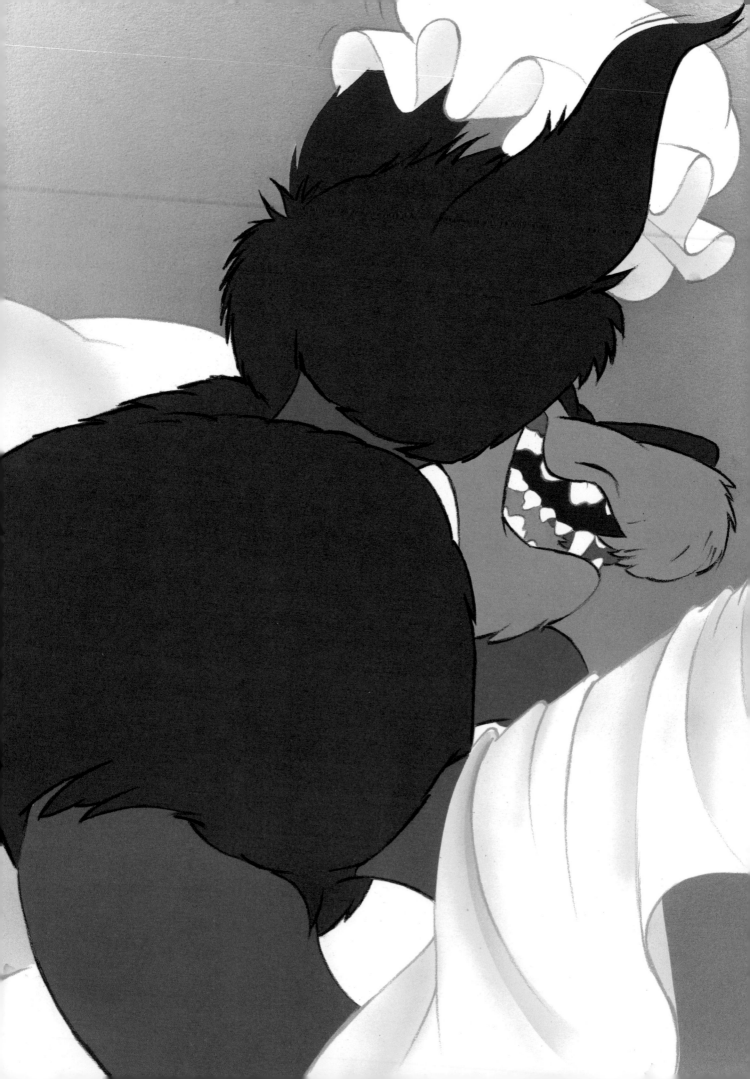

— Ah, ça, mais c'est pour mieux t'écouter, mon enfant,
fit ce finaud de loup, en ricanant de toutes ses dents.

— Et tes dents ! Elles sont si pointues… si grandes !
bredouilla le Petit Chaperon rouge, terrorisée.

— Eh ! eh ! marmonna le loup triomphant. Alors là,
c'est pour mieux te croquer, mon trésor !

Le loup ne fit qu'une bouchée du Petit Chaperon rouge.
Puis, repu, le ventre plein, il se traîna hors de la maison
et se dirigea vers la grange pour y faire un petit somme.
En effet, les loups ont une sainte horreur des lits et
des draps, même les plus fins. Pour dormir, il leur faut
une litière de paille, ou l'herbe sèche des prés.

À moitié assoupi, le vilain loup
n'entendit rien des discrets
préparatifs des petits animaux.
Ils s'étaient glissés avant lui
dans la grange pour lui tendre
un piège fatal.

— Tout est prêt ? chuchota l'un des écureuils.

— Fourche, corde, rien ne manque, clama un second.

— Chut, moins fort ! murmura un troisième. Et surtout, soyez patients. Attendez le bon moment !

Les animaux retinrent leur souffle jusqu'à ce que le loup passe sous la poutre, et…

... là seulement,
ils lâchèrent la fourche.
On entendit Sboong !
— Bravo, en plein dans le
mille, crièrent les animaux.

Le loup était assommé. Immédiatement, les petits
animaux unirent leurs forces pour hisser la lourde bête
en haut d'une poutre. Ce ne fut pas une mince affaire…

... mais la réussite fut totale ! Le Petit Chaperon rouge et sa grand-mère dégringolèrent de la bouche béante du loup. Légèrement étourdies, elles atterrirent doucement sur un matelas de paille et de foin coupé.

— Hourra ! crièrent leurs sauveurs.

Un petit lapin leur raconta toute l'histoire et le Petit Chaperon rouge les félicita chaudement.

— C'est la dernière fois que j'écoute
un loup ! s'exclama la petite fille,
pendant que le loup s'éclipsait, sous
les moqueries et les rires, la queue
entre les jambes. Maman n'aura plus
à me répéter de ne pas parler
à des inconnus.

Quant au loup, il se retrouva le ventre aussi creux qu'au début. Plus question pour lui de passer sous une branche sans être accueilli par les pépiements moqueurs d'une nuée d'oisillons.

Il était devenu la risée de toute la forêt.

DO NOT
BRING YOUR DRAGON
TO THE LIBRARY

WRITTEN BY JULIE GASSMAN
ILLUSTRATED BY ANDY ELKERTON

Capstone Young Readers
a capstone imprint

When you visit the library, please keep in mind:
No running, no shouting — to all books, be kind.

But there's one rule that's **bigger** than the rest.
And it **must** be followed by all of our guests . . .

A dragon is sometimes a very rude beast.
At story time he'll take up ten spaces, at least!

A dragon's big bottom can pack a real punch.
Each time he sits down, you'll hear a great CRUNCH!

You may ask her to come to a library show.
But trouble will start with the first song she knows.

Her swaying hips will crowd your space
with a dragon jig that has no grace.

Maybe you're thinking, "Don't worry, it's fine.
There's plenty of space in that library of mine."

Perhaps that's true, but he's sure to roam.
Then you'll be wishing you had left him at home.

You see, aisles of books are hard to resist.
She's sure to find sections that cannot be missed.

As she starts to read, she could overexcite,
and then chances are, her flame will **ignite!**

FAIRYTALES

I know, I know. What you're saying is true.
But leaving him home will make me quite blue.

It's my favorite place. **Please**, listen to me.
My dragon would **love** our library!

Movies and computers and places to read.
Tales of heroes and adventure, of good and of greed.

Cookbooks and bios – **Oh, listen to my plea . . .**

I'm afraid, my kind friend, I cannot agree.
A dragon in the library? It simply can't be.

But don't fret, don't frown. I have a solution.
Listen now to my smart substitution.

Your dragon should **not** miss the library treasures.
Just bring home some books for her reading pleasure!

If you use your card often, you will very soon see . . .

...THAT YOU **NEVER** HAVE TO BRING YOUR DRAGON TO THE LIBRARY.

A special thanks to Sam for wisely suggesting that one should not bring dragons to the library, and to Anissa for sharing that bit of advice with me. -JG

About the Author

The youngest in a family of nine children, Julie Gassman grew up in Howard, South Dakota. After college, she traded in small-town life for the world of magazine publishing in New York City. She now lives in southern Minnesota with her husband and their three children. No matter where she has lived, the public library has always been a special place for Julie, but she would never dream of bringing her pet dragon there.

About the Illustrator

After fourteen years as a graphic designer, Andy decided to go back to his illustrative roots as a children's book illustrator. Since 2002 he has produced 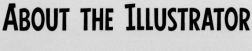 work for picture books, educational books, advertising, and toy design. Andy has worked for clients all over the world. He currently lives in a small tourist town on the west coast of Scotland with his wife and three children.

Do NOT Bring Your Dragon to the Library is published by
Capstone Young Readers, a Captone imprint
1710 Roe Crest Drive, North Mankato, Minnesota 56003
www.mycapstone.com

Library of Congress Cataloging-in-Publication Data is available on the Library of Congress website.

ISBN: 978-1-62370-651-7 (paper-over-board)
ISBN: 978-1-4795-9175-6 (library binding)
ISBN: 978-1-4795-9176-3 (eBook pdf)

Summary: Have you ever thought about bringing your dragon to the library? Don't do it! You might have the best intentions, but that dragon will cause nothing but trouble.

Designer: Ashlee Suker

Printed and bound in the USA.
009939R